TEMPS DU RÊVE

Frontispice :
Illustration de Claire Pâques
dans l'édition originale

ISBN 978-2-330-00569-6

HENRY BAUCHAU

Temps du rêve

un endroit où aller
ACTES SUD

à Pierre et Colette
ce premier et très ancien récit
amicalement

PRÉFACE

J'AI ÉCRIT quand j'avais vingt ans et que je faisais mon service militaire en 1933 ce texte qui fut publié trois ans plus tard, sous un nom d'emprunt : Jean Remoire. Pourquoi le pseudonyme pris pour ce livre ? C'est qu'à cette époque, je désirais, sans vraiment y croire, continuer à écrire. Me sentant peu sûr de mes quelques textes littéraires, je n'en ai pas publié sous mon nom, pensant ne pas compromettre ainsi l'avenir. J'avais écrit ce texte dans un petit cahier pendant le temps d'étude que nous avions à l'escadron-école, formant les officiers et sous-officiers de réserve. Je sortais à ce moment-là d'un grand amour brisé, et c'est peut-être pour cesser d'y penser que j'ai revécu ces jours où j'avais onze ans et où j'ai vécu mon premier grand amour. J'avais onze ans et elle sept. Nous n'avons joué ensemble qu'une seule fois, mais d'une façon qui m'a illuminé et elle aussi. Dans la grande famille que nous formions, ce béguin, comme on l'a appelé, a beaucoup fait rire les autres et j'ai dû le cacher le plus vite possible. Nous devions nous revoir quelques jours plus tard et je m'en faisais toute une fête, mais une maladie d'un de ses frères, qui risquait de s'étendre à toute sa famille, a fait qu'ils ont remis ce rendez-vous. Je l'ai revue souvent, après la messe, en habit de dimanche. Les deux familles se serraient la main à la sortie, puis la sienne s'embarquait dans une grosse voiture, on n'avait pas le temps de se parler. Elle me tendait la main un instant, puis passait à quelqu'un d'autre de la famille. Ensuite, nous avons changé de lieu et je ne l'ai plus revue. C'est donc l'histoire d'un amour rendu impossible par notre âge et notre dépendance à nos familles et qui a compté pendant des années pour moi. Revenir sur ce thème de l'amour impossible ne m'a pas consolé de l'amour que je venais de perdre, mais l'a sans doute rendu plus supportable. Au moment où j'ai écrit *Temps du rêve*, je n'entendais plus parler d'Inngué. Elle était semble-t-il demeurée aussi vive, turbulente, et très belle. Elle s'est mariée et est morte jeune d'un accident de voiture. Elle demeure en moi comme le premier amour impossible, celui entre enfants dans de grandes familles.

Tout a changé de réalité depuis. Les années qui ont suivi cet amour m'ont fait devenir un grand lecteur et j'ai compris vite, trop vite peut-être, la vérité d'une parole de Tagore : "que le rêve est une réalité aussi importante que la vie."

Je n'avais jamais envisagé de publier ce texte. C'est un de mes amis, qui voulait se lancer dans l'édition de demi-luxe, comportant des gravures, qui m'a demandé de le publier. Il le fut en tirage limité, à deux cent cinquante exemplaires et avec trois gravures.

Certains épisodes de mes autres livres sont indirectement en rapport avec lui. Peut-être surtout, dans *Le boulevard périphérique*, l'étang où Stéphane, qui ne sait pas nager, "échappe d'un bond superbe aux SS qui allaient le fusiller".

Il est certain que mon amour pour Inngué m'a ouvert au monde du rêve.

Voilà donc ce petit ouvrage écrit il y a soixante-dix-neuf ans et que je ne m'attendais pas à voir republié. Il ne reste presque plus rien du monde de ces années. La vie familiale est tout à fait transformée. La vie industrielle et commerciale a pris dans notre société une place qu'on n'imaginait pas autrefois. A cette époque où tout commençait déjà à changer, on célébrait toujours la tradition. Rien de pareil aujourd'hui. En face des difficultés de l'heure, on espère toujours changer par le progrès. En y repensant, il me semble presque naturel que l'existence joyeuse et turbulente d'Inngué ait fini prématurément par un accident de voiture.

Il est bien sûr que je n'écrirais plus ainsi maintenant. Mon écriture, par force, est devenue plus minimaliste. Mais est-ce seulement l'effet de l'âge qui m'a fait écrire mon dernier livre, *L'enfant rieur*, en le dictant, ma main ne pouvant plus écrire ? C'est un fait de l'âge, c'est aussi le signe que nous n'écrivons que ce que le monde, dans son évolution, nous permet de dire.

27 décembre 2011

TEMPS DU RÊVE

que le rêve est une réalité aussi importante que la vie.

Eté, vacances.

LES AMÉRICAINS ne viendraient pas cette année, nous n'irions plus camper dans le bois. On ne remettrait pas à l'eau le radeau ; notre passion du bain ne résistait pas au lent envasement de l'étang, les lourdes algues vertes réenvahissaient la belle place.

L'unité de la troupe des grands était rompue, les clans se reformaient.

Depuis qu'une pierre calée à bout portant dans l'ardeur d'une attaque avait déchiré l'oreille de Marc nous ne pouvions plus jouer à la petite guerre. – Seule parfois une partie de cache-cache avec des enfants des environs nous réunissait. Alors dans les poursuites échevelées sur les gouttières, dans les brusques glissades dans la paille de tout en haut de la grange, juste devant le chercheur, dans les courses folles pour arriver au vieux chêne, nous retrouvions – les invités étant bien vite plaqués, perdus, éberlués – toute la ruse patiente, la folie joyeuse et garçonnière des meilleurs jours. C'était rare, on ne se mettait pas en marche cette année-là.

Avec Micheline, j'avais entrepris la construction d'une hutte, bâti un roman. Elle m'avait bien suivi. Nous étions installés sur une petite élévation de terre assez molle – les piquets s'y enfonçaient bien, c'est important – sous un gros châtaignier où l'on pouvait très facilement grimper et cabrioler.

Là nous étions protégés de l'attaque des grands fauves, quand après avoir été boire à la rivière au "gué du tournant vert", ils remontaient et se jetaient sur nous soudain affamés. Du haut de la palissade nous leur enfoncions dans la gorge nos épieux de noisetier, brunis au feu. Ils se tordaient longtemps devant nous dans la brousse, avec des râles épouvantables et couchés sur la grosse branche du châtaignier nous les regardions mourir lentement avec une joie anxieuse, une brusque pointe de terreur à chacun de leurs bonds.

La nuit nous nous entourions d'une bande de feu, et pendant que l'un dormait sur une couche de feuilles, l'autre alimentait le feu, attentif au moindre bruit.

Appuyé sur mon épieu, le cœur battant, j'écoutais au loin une bande de loups sur la piste lancer son appel éperdu vers les impassibles étoiles, je percevais la fuite légère des biches et des chevreuils, le pilonnement massif d'un buffle se glissant lourdement vers le gué, la nuit, la nuit immense bruissait de toute une vie secrète, continue, puissante comme un monde.

Je me rappelais trop mes lectures, Micheline ne me suivait plus, se rebutait. Elle voulait être fermière, élever des cochons d'Inde, que je sois dresseur de chevaux ou conducteur de train et que je lui rapporte des colliers de la ville.

Je composais avec elle, nous alternions les jeux.

Les autres s'ennuyaient. Raoul et Claude avaient essayé sans succès d'installer un barrage dans le ruisseau. Marc prenait de vagues leçons de calcul avec l'instituteur. Les filles tournaient toute la journée dans le hall en bâillant.

Brusquement ils décidèrent d'aller explorer les sources de la grosse tour. En chemin ils s'amusaient à venir nous narguer. Ils nous lançaient des pommes de pin, se moquaient de nos épieux, nous proposaient de venir avec eux ou de faire une partie de cache-cache. Micheline avait envie de les suivre, je la retenais à grand-peine par de continuelles concessions.

Finalement ils découvrirent que notre hutte était bâtie sur un tas de terreau – c'est pour cela que s'y enfonçaient si bien les poteaux qu'aussitôt ils firent branler. Guitte admise à l'intérieur prétendit qu'il y sentait mauvais.

A midi, dès qu'ils nous virent arriver ils s'éloignèrent en se bouchant le nez. Micheline pleura d'abord un peu, puis me déclara qu'elle ne viendrait plus dans ma sale boutique. Bientôt elle se moqua de moi comme les autres. Ils en parlèrent à table devant les grandes personnes et tout sombra dans le ridicule.

Alors pendant deux jours seulement – mais cela nous parut affreusement long – il n'y eut rien à faire. Pas de projets, pas de grand jeu, les vacances se traînaient décidément, c'était terrible. J'en étais réduit à aller avec Maggy chasser les papillons aux prairies de la Butte. Je n'y trouvais d'autre plaisir que de faire le grand avec elle, de la faire s'échapper craintivement de la cour et des griffes de Louise en se glissant le long des chenils, parmi l'entremêlement des fougères et des sureaux vineux où les pas s'étouffaient.

Près d'elle alors – toujours aux aguets, effarouchée comme un oiseau, l'oreille tendue vers l'appel détesté qui cependant l'eût soulagée –, je jouais au jeune prince, hardi, protecteur et généreux. C'était peu.

Vint le second soir. Il traînait aussi ce soir où la prairie devant le perron exhalait sa senteur chaude où se mêlaient l'alanguissante haleine des roses, l'éclatement capiteux des rhododendrons, les lourds relents de vase venus de l'étang tout proche, si noir soudain sous les bouleaux légers.

Le regain blanchissait déjà les prés, aucun souffle dans l'air, une obscure attente, une fraîche immobilité tombait du ciel, pénétrait les arbres, toutes choses, et nous-mêmes blottis sans bruit sur les marches du perron.

Les grandes personnes s'agaçaient de notre silence ; on nous demandait successivement à tous si nous étions malades, on nous disait d'aller jouer, d'organiser une partie de chat perché. Claude et Raoul restaient assis, adossés à la balustrade, fixant d'un regard vide le calme ciel, éclatant d'une pâle lumière, nous ne bougions pas.

Toute la soirée semblait devoir s'écouler ainsi, dans cette indifférence un peu triste, un peu lourde, quand tante Jeanne, qui rentrait d'une journée de courses à Bruxelles, vint nous apprendre qu'elle avait rencontré la mère des petits de Rouvres et que nous irions jouer demain à la Marêche avec eux.

Je me rappelle très bien la petite secousse ressentie alors. Aller jouer chez eux que nous ne connaissions pas, retourner à la Marêche après tant d'années.

Enfin, un aliment est jeté à mon imagination, un mystère léger flotte dans l'avenir tout proche.

Nous allons descendre la grande allée de gravier bleu dont la barrière bleue et blanche est maintenant toujours fermée. Tout est-il encore là comme au temps où nous allions jouer sous les charmilles avec Michel et Maud ? Ils avaient deux petits moutons blancs. On nous servait des gâteaux et du chocolat au goûter, avant de partir on nous recommandait toujours d'être bien polis, de ne pas trop manger. Nous n'osions nous resservir plus d'une fois, le cœur gros. A la fin du repas apparaissait la vieille dame au jersey violet, aux beaux cheveux blancs, elle nous adressait quelques mots de sa voix sèche faite pour annoncer au bridge ou médire sans aigreur ; interdits nous ne savions jamais que répondre…

Maintenant, ce sont d'autres enfants qui habitent là. Je ne les connais pas. On les voit à la messe le dimanche, on leur dit bonjour à la sortie… Un jour, un des garçons est tombé faible après avoir communié ; son visage était devenu tout vert, ses yeux fixes, dilatés comme de terreur devant un spectacle terrible.

Nous connaissions mieux leur père, oncle Fred, avec sa face rouge très anglaise, sa voix claironnante, son rire éternel. Il arrivait à cheval, l'attachait devant la maison et nous donnait de grands biscuits de mer. Souvent, prenant un sucre entre les dents, il le donnait ainsi à son cheval, il avait alors le visage tout rempli d'écume et s'essuyait d'un revers de manche avec un grand rire costaud.

Nous irons jouer à la Marêche.

Peut-être verrons-nous enfin l'étang qui est toujours gris et si profond qu'on ne pourrait jamais en toucher le fond même avec une grande échelle. C'est là qu'il y a un remous. Un jour un garçon du hameau des Granges était allé ramasser sur les bords des morceaux de plomb projetés là par l'usine voisine. Il avait glissé, était tombé dans l'étang et le tourbillon l'avait pris. On l'avait, le lendemain matin, retrouvé tout raide, bleu et gonflé, flottant les bras grotesquement levés dans un geste de prière, d'imploration.

Nous en avions longtemps parlé le soir dans nos lits. Madeleine nous avait dit qu'il avait lutté toute la nuit contre le tourbillon, on le voyait à son visage crispé d'effort, et qu'à l'aube, l'aube sale d'un jour de novembre – comme son papa et sa maman n'arrivaient pas –, il s'était abandonné dans l'eau jaune.

Et puis, l'oncle Fred a des chevaux, peut-être qu'il nous les laissera monter à l'écurie.

Ils ont aussi une balançoire avec une corde à nœuds et des anneaux où on peut faire le crapaud.

Peut-être que le vélo rouge de Maud, sur lequel nous ne pouvions jamais aller, est encore là…

Et les petits de Rouvres, comment s'appellent-ils, saurons-nous bien jouer avec eux ?…

Il y a l'aînée Monique, un très fin visage trop mince sous des boucles blondes si tendres qu'on en pourrait rêver. Elle me fait toujours penser, quand je la vois à la messe, à la petite maman des romans d'orphelins.

Luc, si maigre avec une petite face blanche rongée par d'immenses yeux.

Pierre, toujours ébouriffé ; on dit qu'ils ont un petit fusil, qu'ils peuvent tirer.

Inngué, Inngué, ce nom ne m'arrête qu'un instant par sa consonance étrangère. Ce doit être encore une petite. Il y a Manou ensuite, et puis je ne sais plus. Ce soir-là je m'endors sans peine.

*

Il fait beau, la terre, le ciel, tout est revêtu d'une exultante splendeur, d'une plénitude triomphale. – La prairie trépide de crissements, semble vivante d'une reptation infinie, d'un frôlement innombrable.

L'air n'est qu'un vaste bourdonnement, ébloui, tout embaumé de la folle senteur des arbres et des regains en fleurs.

En passant le long de l'étang, nous sommes étreints par l'odeur profonde de la vase, qui met comme un mystère lourd dans l'air. Midi se révèle soudain pesant, implacable à travers la légèreté de mon âme et du jour.

Dans l'ombre des hêtres, près de l'écluse, une féerie secrète semble tomber des branches, du ciel si pâle à l'horizon qui tremble entre les troncs.

Nous sommes partis très tôt, car nous venons vraiment pour jouer. Nous descendons dans le soleil le grand-chemin, si propre, si net, de gravier bleu.

Puis au tournant, voici parmi les branches et les épines, la petite grotte de l'ermite, dont nous avons tant rêvé. Dire qu'ils n'en font rien, déjà Maud et Michel n'y allaient jamais jouer. Si nous pouvions avoir une grotte comme celle-là, tout ce qu'on pourrait y faire ! Pour commencer, nous ferions passer un ruisseau devant, dans lequel on creuserait une vasque pour laver le linge comme dans *Le Robinson suisse*.

Mais les voilà qui viennent à notre rencontre. Monique en tête et son très doux sourire. Maxime vient ensuite avec Inngué effarouchée, bondissante dans une petite robe en jersey bleu. Ah, de suite mon âme s'attache à elle. Elle cabriole en nous disant bonjour ; ce sont les mêmes traits trop fins que sa sœur, la même blondeur. Mais avec cela insaisissable, vif-argent, claire, rieuse, de suite un peu brutale, comme elles le sont souvent à cet âge où les possèdent, sans pouvoir s'équilibrer, les forces garçonnières. Elle me fait un pied-de-nez ; brusquement je la poursuis, elle pousse un petit cri de terreur, un rire de défi, mais déjà je la tiens. Elle griffe, se débat, elle me mord la main. Je la lâche et la regarde en riant. Elle s'éloigne lentement, princesse offensée, mais pourquoi ce pincement soudain à la poitrine ? Je feins l'indifférence.

Claude et Raoul décident de jouer à cow-boys-Indiens. Ils aiguisent et tandis que nous formons cercle autour d'eux, Inngué s'approche de moi. Comme Raoul veut la choisir, elle le supplie de pouvoir être dans le camp des Indiens, mon camp.

Nous partons nous cacher et me prenant la main, elle m'entraîne dans un épais fourré de petits sapins où s'entrelacent d'immenses orties et d'âcres multitudes de plantes amères. Au centre se trouve un petit carré défriché dans lequel nous nous glissons à quatre pattes. Elle se retourne vers moi triomphante, un doigt sur les lèvres.

“C'est ma tanière, personne ne la connaît.” Elle soulève quelques feuilles dans un coin et me tend une poignée de cerises roses et trop mûres.

Nous mangeons en silence, accroupis comme des Indiens. Elle me fait précautionneusement jeter les noyaux dans un petit trou, mais soudain m'en souffle une rafale dans la figure en riant.

Je suis heureux ainsi près d'elle, distingué par elle, son complice, son équipier. Elle me confie que c'est elle qui court le mieux à la Marêche, personne, pas même Luc, ne peut l'attraper. Je l'ai cependant eue sans peine, tantôt, mais quand je le lui dis, elle rit avec défi : "J'ai été surprise, mais attends un peu et tu verras."

Des pas se rapprochent, on tourne autour du fourré, peureuse elle se pelotonne contre moi, se cramponne fébrilement à mon bras en suppliant : "Tais-toi, tais-toi." Les pas hésitent encore un peu de temps puis s'éloignent. Nous restons un instant blottis l'un près de l'autre aux aguets dans l'odeur forte, la chaude humidité des sapins. On ne peut bouger dans la tanière tout enserrée par les orties, cependant Inngué bondit, exultante, cabriole sur elle-même, étouffe de rires comprimés qui éclatent en trillements azurés.

Elle se suspend des guirlandes de cerises aux oreilles, prend des mines, esquisse les premiers pas d'une danse triomphale…

Blonde, chantante, effarouchée et hardie, on dirait un oiseau enivré de soleil, un chardonneret sur une branche.

Mais avec tout son chahut, nous allons nous faire prendre. Assez brutalement je lui commande de s'asseoir, de rester tranquille. Je vais monter dans l'arbre pour voir où sont les autres.

Elle s'assied impressionnée. Le petit sapin sur lequel je monte est très flexible, il se courbe, se courbe, sans doute va-t-il casser.

En bas, Inngué a peur, me supplie de descendre. Je ne suis pas à mon aise, mais je reste. La route est libre, nous pouvons nous sauver. Elle trépigne d'impatience, éclatant en reproches et en questions passionnées : "Descends vite, ça va craquer, tu vas te blesser – est-ce qu'on peut partir –, Raoul est encore là ? et je serai punie – mais dis, dis, réponds, est-ce qu'on peut partir ?"

Je me laisse couler, je ne sais trop comment, en bas de l'arbre qui craque sinistrement. Elle me regarde, admirative : "Tu montes bien aux arbres, vous pouvez faire cela à Maurienne, on n'a pas peur chez vous, tandis qu'ici maman ne nous laisse rien faire, et Monique a la frousse de tout."

Je suis heureux, oui, j'appartiens à une race d'enfants hardis et brusques et fiers ; les livres sont loin, très loin, et les rêves trop compliqués que personne ne comprend.

Nous courons silencieusement dans la prairie, d'arbre en arbre, même ainsi elle ne peut tenir en place, elle saute, s'ébroue comme un poulain, redresse sa jeune tête ondulant du cou comme un cygne.

Nous arrivons à la charmille, elle exulte, éclate en petits cris de joie, on va nous entendre – le soleil parmi les feuilles laisse tomber une lumière jaune et douce, tremblante un peu…

Personne ! maintenant il faut foncer. Elle se tourne vers moi provocante : "Tu verras que c'est moi qui ferai délivrance."

Je lui laisse prendre l'avance, voici le camp des cow-boys, près du banc, tous les Indiens ont été pris, ils ne cherchent plus que nous. En vingt mètres j'ai rattrapé Inngué, nous courons côte à côte.

En face de nous au haut du chemin, voilà Raoul qui déboule en criant pour appeler ses cow-boys. Nous serons les premiers. Je dépasse Inngué sans effort. Arrivé au banc, je m'arrête. C'est ensemble que nous crions délivrance.

Nous nous égaillons tous en criant.

Je me retrouve près d'elle dans notre tanière, fiers, heureux, nous sommes les plus jeunes et nous avons délivré tous les autres.

Nous sommes de jeunes héros, et Inngué bondit tant qu'elle peut.

Je lui propose d'aller à l'étang. Non, elle ne peut pas, on le leur défend. Nous restons encore un moment à chuchoter agréablement, jusqu'à la dernière cerise. Alors elle m'entraîne tendue, secrète – "Allons à l'étang, mais ne fais pas de bruit, car je serai terriblement punie si on le sait".

Nous évitons soigneusement les chemins et nous glissons à pas de loup dans les taillis, qui sont épais.

Parfois nous rampons entre les fougères sur un lit de feuilles mortes. Sous la première couche sèche, craquante, un peu brûlante de l'été, on sent le profond tapis des années révolues, profondément sourd, ouaté, tout suintant d'eau et de pourriture. Nous nous glissons dans la pente vers l'étang, les fourrés se font plus serrés, nous peinons pour franchir les ronciers – au-dessus de nous le soleil filtre silencieusement parmi les branches.

D'un coup nous débouchons sur une étroite bande herbeuse, qui entoure l'étang de ce côté. Interdits, nous restons immobiles un instant, un peu éblouis de la soudaine fulgurance du soleil.

L'étang est une ancienne carrière, à droite le bord en est abrupt fait d'un seul éboulis de pierres toutes noires d'humidité. A gauche un chemin sort du bois et se termine en un petit embarcadère de grosses roches, cerné de roseaux.

Une petite barque y est attachée, toute noire, qu'on dirait veuve d'une obscure présence.

Sous l'exultante soleillade, qui semble faire crépiter de blonde chaleur la terre entière, l'étang reste morne, d'un gris de fer parcouru d'aucun souffle, sans une ride ; parfaitement hermétique, impénétrable, hostile.

Nous nous taisons, Inngué n'est encore venue ici qu'une fois, j'ai trop rêvé de cet endroit. Nous sommes un peu oppressés et nous avançons précautionneusement vers le bord, en nous tenant par la main.

Mais cela ne dure pas, brusquement, Inngué bondit, crie de bonheur, éclate de joie dans le soleil. Elle se baisse et se met fébrilement à réunir un bouquet des grosses fleurs jaunes dont l'herbe spongieuse est parsemée. Une grosse pierre traîne là, avec quelle jubilation, quels éclats de rire, la soulevons-nous et ploutch… dans l'eau.

Nous attendons un instant parmi l'éclaboussement des gouttelettes et soudain d'un bloc, avec une étrange rapidité monte du fond une lourde nappe de vase jaunâtre qui vient crever à la surface, emplissant l'air d'une haleine fétide.

Je me rappelle ce que nous a dit Madeleine ; qu'on avait retiré ici le garçon des Granges d'un tourbillon d'eau jaune, alors que l'étang est en toutes saisons d'un gris éternel, avec ces mêmes reflets d'acier.

Où est le tourbillon, une curiosité passionnée me tourmente. Inngué ne sait pas mais connaît l'endroit où on a retrouvé le garçon.

Elle m'entraîne près du versant abrupt, de pierres noires, c'est là tout contre, parmi les éboulis qu'il a glissé. Il est tombé de suite en eau profonde et on a eu beaucoup de mal à le retirer.

Un tourbillon – nous imaginions le soir dans nos lits une sorte de large table d'eau rase girant sur elle-même à toute allure – rien de tel.

Nous nous couchons côte à côte sur les pierres brûlantes, le nez tout contre le bord, surplombant l'eau.

On n'entend pas un souffle dans l'air, pas un chant d'oiseau, rien ne remue dans les bois, ni sur l'eau ; nous sommes immensément loin de tout, une lenteur infinie, une angoisse subtile semble descendre du ciel en feu.

Peu à peu nous percevons ce prodigieux silence, qui ne fait que souligner le ronronnement sourd de l'usine toute proche, la plainte déchirante des scies mécaniques, le crépitement sec des petits plombs projetés autour de nous.

Un bref malaise nous étreint.

Juste devant nous, une petite bulle tournoie sur elle-même, à la surface de l'eau – on dirait le bout nacré d'un doigt tendu souplement vers le ciel, d'une main esquissant un discret appel.

Nos regards se fixent lentement, s'hypnotisent sur cette bulle. Soudain, une petite nappe jaune monte du fond avec une étrange rapidité, et crève sous la bulle, jetant son odeur mauvaise. Serrés l'un contre l'autre, nous regardons longtemps les petites nappes jaunes monter à toute allure, puis exploser lentement, à intervalles réguliers.

Une crainte obscure pèse sur nous, nous n'avons plus conscience du temps, sommes-nous ici depuis des heures ou depuis quelques instants ?

De temps à autre, crissent près de nous les petits projectiles de plomb envoyés par l'usine. – C'est pour les ramasser qu'était venu le garçon des Granges...

Sans doute est-il resté aussi à regarder la petite bulle girante et qui appelle, sans doute a-t-il ressenti la sombre attirance de boue et de mort des petites nappes de vase jaune qui se suivent interminablement.

Il aura voulu voir de trop près, comme je le ferais si Inngué, soudain peureuse, ne se cramponnait à moi.

C'était novembre alors, et les pierres humides devaient être glissantes.

Il est tombé, le bras souple du tourbillon l'a enserré de sa légère étreinte. Puis, comme il résistait, le tourbillon s'est déchaîné, il a appelé à son secours les plus profondes racines de ses courants, il l'a entraîné dans ses plus affreuses retraites de vase et de ténèbres. Et le matin, quand on a retrouvé le garçon après la formidable bataille, c'est tout l'étang qui était jaune…

Il a dû voir l'ennemi mauvais face à face, de là sur son pauvre visage bleui cet air de lassitude infinie et de terreur. – Le même air qu'avait Luc lorsqu'il s'est évanoui à l'église, le visage verdâtre, les yeux agrandis comme d'horreur devant un spectacle terrible.

Le silence pèse sur nos épaules, là-bas la petite barque est toute noire qu'on dirait veuve, dans l'attente de quelque inavouable passager.

Notre secrète angoisse s'affole, quelle est donc cette présence maléfique qui nous entoure et dont cette silencieuse girance est le centre ?

Inngué jette brusquement son bouquet de fleurs sur la bulle. Nous regardons avec terreur une main invisible les faire tournoyer, les tordre souplement, les submerger à la première invasion de vase.

Elles restent immobiles un moment flottant entre deux eaux, demi-flétries déjà. Et puis soudain, sans nulle cause apparente, elles coulent à pic avec une invraisemblable rapidité, comme aspirées par un bras invisible.

Il n'y a plus rien, que la bulle girante – on dirait le doigt nacré d'une main faiblement agitée dans un geste d'appel – et les voiles de vase qui viennent crever régulièrement à la surface, nous jetant au visage leurs profonds relents de pourriture et de mort.

Nous demeurons – combien de temps cela dure-t-il ? – pétrifiés d'angoisse et de sourd dégoût.

Un pas lourd retentit dans le chemin, ce doit être un garde.

L'enchantement est rompu tout d'un coup ; nous ne sommes plus que deux gosses couchés sur le bord d'un étang à regarder avec intérêt une bulle d'air tournoyer scintillante dans le soleil.

Notre malaise s'est dissipé, nous nous hâtons de fuir, en contenant nos rires. Que prendrions-nous comme punition si on nous attrapait ici ?

Mais nous sommes rapidement hors d'atteinte, Inngué, blonde dans sa petite robe bleue, se suspend à mon bras, cabriole dans la douce lumière filtrant du sous-bois. Nous sommes soulagés d'un poids immense, ne pouvons maîtriser nos rires et nos membres dansants.

Voici le grand-chemin de gravier bleu si propre, si correct, on n'entend guère de bruit.

Les cow-boys se sont découragés, seul Claude, infatigable, avait encore le courage de chercher après nous.

Le jeu s'est ralenti, a cessé. Ils sont tous occupés à jouer au nain jaune devant la maison.

On nous accueille par des cris et des accusations d'avoir triché.

La partie est commencée, depuis longtemps il n'y a plus de place pour nous. Nous allons à la balançoire. La nôtre est peinte en gris un peu sévère, tandis que la leur l'est en blanc et rouge. Elle me fait penser à la mer où je ne suis jamais allé, aux affiches des gares, où une jeune baigneuse en maillot rouge, surgissant des vagues sur un fond de villas claires, représente Ostende, reine des plages. La balançoire, ses anneaux bleus, le grand parasol de toile jaune au-dessus de la table où tricote la gouvernante, tout cela fait extraordinairement vacances, beaucoup plus "enfants de ville" aussi qu'à Maurienne.

Il fait chaud, sans lourdeur. Nous nous balançons lentement.

Je lui parle du vélo que je vais sans doute recevoir à "notre fête". Du radeau que nous avons construit l'an passé – il flottait vraiment, nous le dirigions avec de grandes perches –, de notre camp la nuit sous la tente. Elle m'écoute captivée pleine d'envie. Peut-être que l'année prochaine nous pourrions refaire cela avec eux, car dans dix jours ils partent tous pour la mer.

Elle me raconte qu'oncle Fred la met parfois sur son cheval et qu'elle le conduit seule autour de la cour, le domestique marchant seulement à ses côtés. Pour tantôt, après le goûter, quand nous jouerons à cache-cache, elle connaît de chics places où on ne nous trouvera pas.

Est-ce qu'elle aime aller à la mer ? Oui, parce qu'on peut faire des forts, on gagne des prix dans les concours du Kursaal. Nous devrions demander d'y aller aussi, ce serait gai. Nous nous balançons très doucement. Je rêve, nous irions à la mer ; avec Inngué et Raoul nous ferions un fort, le plus grand de tous et remporterions le premier prix. J'irais avec elle sur la mer dans une petite barque toute blanche, j'apprendrais à nager sur les vagues.

Inngué saute sur le trapèze, s'y suspend, elle le fait bien, je le lui dis.

Elle rit. Je monte près d'elle, nous nous balançons. Je sais que je vais devenir très fort au trapèze et cependant, j'ai un peu peur.

Je me suspends à mon tour par les jambes, je réussis un rétablissement, puis un cumulet. Inngué ne sait pas faire le cumulet.

Je réussis même à faire le cumulet en arrière. Elle applaudit, me demande de lui apprendre. Je ne suis cependant presque jamais monté sur un trapèze et Marc se moque toujours de moi, parce que je n'ai pas de force dans les bras.

Le sable en dessous de nous est tout blanc, des petites formes coloriées y traînent comme chez nous. Les arbres alentour sont plus petits, plus lourds aussi, mais leur ombre est claire et parfumée.

Assis l'un près de l'autre, nous nous balançons en bavardant, Inngué se tient d'une main à mon épaule, notre équilibre est peu stable, je suis heureux.

Mon cœur chahute dans ma poitrine comme un petit oiseau brûlant et un peu affolé. Je me sens étrangement différent, étrangement neuf, était-ce moi qui tantôt descendais le grand-chemin, préoccupé uniquement de jouer.

Comme c'est drôle chez les de Rouvres, il n'y a pas de petits. Maggy n'est pas venue avec nous et Inngué, qui est plus jeune qu'elle, avec ses huit ans, n'est pas parmi les petits ici, ou bien ils y sont tous. – Je ne suis pas honteux, moi qui ai onze ans, de jouer avec elle.

Les autres reviennent vers nous, nous allons aller goûter.

"Il faut jouer avec les autres, Inngué, pourquoi restez-vous toujours à l'écart ?" La gouvernante est assez sèche, un peu anguleuse, avec des yeux bleus, très tranquilles.

Inngué la déteste et l'aime de tout son cœur alternativement.

Elle répond que je fais si bien du trapèze, que je lui montre, que les autres n'ont plus voulu nous laisser jouer avec eux.

Elle glisse en bas du trapèze et sautille trépignante autour de moi. Les autres regardent. Je fais un cumulet aller et retour et le réussis. Je me mets debout sur le trapèze et monte aux cordes, rien que des mains. Je vais presque jusqu'au-dessus. Jamais je n'aurais cru pouvoir faire cela.

Inngué m'éperonne de petits cris d'admiration, saute de plaisir, est fière de moi, me montre aux autres.

Marc veut m'imiter, mais il glisse sur le trapèze, ne parvient même pas à se mettre debout.

Je suis encore plus heureux.

Le goûter. Elle vient s'asseoir à côté de moi, nous nous battons gaiement à qui aura le plat. Marc intervient et lui chipe sa tasse. Du coup, elle est toute tournée vers lui, ils se poursuivent dans la salle, puis sous la tonnelle. Ils s'asseyent ensemble sur le banc, dévorent à deux une grosse brioche. J'entends le rire gras de Marc se mêler aux trilles cristallins du sien.

Un voile gris semble s'étendre sur le jour, mon cœur plonge désespérément dans un vide affreux, insondable. J'essaie de m'intéresser aux autres – leurs propos m'ennuient, semblent totalement dépourvus de sens, de réalité.

Je rêve… Nous serions tranquillement dans son repaire, nous nous retrouverions là tous les jours. Je lui raconterais des histoires, nous ferions une vraie hutte, avec un toit, elle me tendrait des cerises, cabriolerait légère dans la chaude touffeur des sapins.

La gouvernante l'appelle, inattendue, sa voix me parvient très douce comme au travers d'un nuage. Elle revient, je la sens à nouveau, me poussant du coude, cramponnée à mon bras.

L'harmonie du jour est rétablie, le soleil luit d'un nouvel éclat, incandescent au-dessus des frondaisons immobiles.

Il y a des crèmes dans le chocolat, je n'ose le boire de peur de m'étrangler de dégoût devant elle. J'en suis un peu malheureux.

Dans une lutte de plaisanteries avec Marc, j'interviens, je la défends victorieusement. Elle rit, lui tire la langue. Je me sens léger, de race plus fine vis-à-vis de ce garçon au front lourd, que j'ai tantôt battu au trapèze. Nous jouons à cache-cache, le grand jeu de la fin. On se compte devant le but :

Une poule sur un mur
Qui picote du pain dur
Picoti, picota
Lève ta queue et saute en bas.

Nous n'y sommes pas, nous filons nous cacher ensemble, tout en haut de la grange.

Assise parmi les gerbes, elle est exquise, l'œil lumineux, les cheveux tout scintillants de pailles.

Mais elle chahute, rit, piaille tant et tant, que nous sommes pris.

A la partie suivante j'y suis sans elle. Le long des cours, dans les granges et les greniers, je la cherche désespérément.

Ils sont arrivés au but pendant que je les cherchais dans le grenier. Ils se moquent de moi, mais quel soulagement, quelle joie ailée de revoir Inngué. Elle se suspend à mon bras, m'explique comment ils m'ont vu arriver par une petite lucarne qu'on dirait bouchée.

“J'aurais voulu te faire signe pour que ce soit plus vite fini, tellement cela avait l'air de t'ennuyer de chercher ainsi après nous.”

La partie est finie, nous allons bientôt partir. Les autres vont jouer avec les moutons, au piquet dans la prairie.

Dans l'allée, les robes claires de nos mères font des taches très douces. Le soleil s'est couché, le ciel rougeoie encore un peu, à l'horizon.

Après l'incandescence, la fureur dévastatrice du jour, le crépuscule glisse infiniment calme. Le ciel est encore d'une eau très pure, translucide, un peu blonde mais l'ombre rampe déjà sourdement dans les fourrés.

O molle chaleur – souffles légers parmi les branches – senteur des arbres et des prés soudain si profonde.

Heure accordée entre toutes à un certain alanguissement du cœur, torturante par touches légères, où la jeunesse, l'enfance même sent comme fondre sa force en une incompréhensible douceur...

Un pincement, une flamme chahutante me brûle au cœur.

Ils vont nous accompagner jusqu'en haut du grand-chemin.

On appelle Inngué pour aller prendre son bain, elle ne pourra venir.

Elle se défend, supplie avec une voix mouillée de larmes de colère et de regret. Elle peut venir finalement.

Nous remontons lentement, on s'est bien amusés. Les membres font mal de commençantes courbatures.

Le gravier bleu du chemin est encore tout chaud, nous en prenons dans nos mains, le passons sur nos visages presque aussi brûlants de la fièvre du jour.

Inngué marche à mes côtés, nous avançons en riant, en jouant plus ou moins.

Une joie dilatante et une tristesse, une meurtrissure inconnue me possèdent.

Espérance. Les petits de Rouvres doivent venir jouer dans deux jours.

L'au revoir est long et bref – premier départ, savais-je jusqu'ici ce que c'était que partir, se quitter ?

Dans le brouhaha du départ, les au revoir, les mains qui s'entrecroisent, je lui tends la main avec une soudaine timidité. Je plonge mes yeux dans les siens, je risque cela. Ils sont très bleus ses yeux, on dirait que les voile une discrète buée. Je voudrais que mon regard lui exprime d'un coup tous les balbutiements de mon cœur, toutes ces choses tristes et merveilleuses que je pressens, sans les comprendre.

Mais déjà elle est partie en courant, pressée par la peur d'arriver en retard à son bain et d'encourir des reproches.

Je voudrais bien la suivre longtemps du regard, jusqu'au détour du chemin où peut-être, elle s'amusera à sauter les parterres de roses, mais j'ai peur que les autres ne le remarquent.

Je ris aussi en disant le dernier au revoir, j'affecte de parler fort, de m'intéresser à des choses indifférentes : au bain que nous prendrons peut-être demain dans la rivière, au résultat d'un pari entre Claude et Marc. Je prends le bras de Marc, je l'embête, je feins d'être léger, indifférent, je tâche obscurément de le devenir tout en sachant d'avance la vanité de mon effort.

Que sais-je encore de ce retour par la route qui longe le chemin de fer, dans la lumière du soir encore pure, puis par la descente du petit chemin tout sableux, où nous accueillent les lourdes vapeurs de l'eau pourrie dans les fosses où les ténèbres, tout à coup, se font épaisses.

Je ne puis continuer longtemps à parler, à rire. La fatigue d'ailleurs pèse sur nous. Je traîne un peu en arrière. Je me sens soudain si différent de ce que j'étais, presque étranger à moi-même.

Est-ce bien le mien ce cœur brûlant de son poids trop lourd, et inconnu ? Est-ce bien à moi que se révèle soudain le spectacle d'un monde nouveau tout coloré d'une absence ?

Arrivé au tour de l'étang, je suis loin derrière tous les autres, mon cœur s'apaise au frais bruissement de la rivière. L'épais feuillage des marronniers tremble faiblement, laissant filtrer jusqu'au sol les jeux souples, l'obscure féerie de la dernière lumière et des ténèbres.

Il me semble que tout ce qui m'amusait jadis ne m'est plus d'aucun prix. Je suis précipité dans le rêve et la solitude, d'un seul coup.

*

La fatigue m'étreint, je n'ai plus dans l'esprit qu'une obscure rumeur un peu douloureuse. Le dîner n'en finit pas, oncle Yves morne, tante Nell agacée, maman regarde devant elle l'air absent.

La conversation languit, je mâchonne avec dégoût la viande froide abhorrée des mauvais jours où on fait la lessive.

Je dors à moitié, on dit la prière, Dieu que c'est long.

Je pense à Inngué, combien soudain cette prière me frappe, rêvant à demi je me la répète, m'en pénètre.

O ma Souveraine…

Je m'offre tout à vous.

Et pour vous prouver mon dévouement… lui prouver mon dévouement, faire quelque chose de courageux et de difficile pour elle, n'est-ce pas là le grand désir qui me possède ?

Je vous consacre mes yeux, mes oreilles… non pas cela, ça fait sale, que peuvent lui faire mes yeux et mes oreilles, dont je ne sais d'ailleurs jamais si elles sont propres.

Je vous consacre tout moi-même.

Gardez-moi et protégez-moi.

Comme votre bien et votre propriété.

Combien j'aimerais qu'Inngué me garde et me protège. Je la vois avec son air de colère, me défendant, secouant sa crinière blonde comme un petit lionceau.

Je serais malade, elle me soignerait très maternellement, me lirait des histoires, me protégerait contre les blagues des autres et les brutalités d'oncle Yves.

Il ne m'a jamais rien fait oncle Yves, n'empêche que je pense toujours à lui quand il est question de brutalité, quand les livres me parlent de tuteurs inhumains, de pères dénaturés. Avec sa grosse figure noire et sa voix rauque, il tient une grande place dans mes rêves.

La prière est finie et je suis encore à genoux à moitié endormi. Claude me réveille avec un apitoiement tendre et bourru. Je dis vite bonsoir, je me déshabille, je me retourne voluptueusement dans mon lit. Enfin, je suis seul, je vais pouvoir rêver, me raconter une histoire.

Je serais avec Inngué dans une petite barque toute blanche, à la mer. Je la conduis avec une grosse perche comme le radeau de l'an dernier. Je dois être très habile et bien la protéger, car on nous poursuit.

Rieuse, elle fait danser la barquette, il y a du soleil, je suis heureux… Je dors.

Maman entre sans bruit pour me border, elle s'éloigne sur la pointe des pieds.

Du fond de mon sommeil j'entends son pas qui résonne, décroît, comme les notes d'argent d'une musique très précieuse, très ancienne… Je suis un enfant.

*

Le lendemain, dès le matin, j'étais au trapèze. Le souvenir d'Inngué s'y liait intensément et l'espérance de la revoir. Pendant des heures je m'entraînais, j'étais esquinté, j'avais peur, je me sentais peu à peu devenir plus agile.

C'était dans deux jours, que venaient jouer les petits de Rouvres.

Avons-nous joué ces jours-là, je ne me le rappelle pas. Je ne me souviens que du trapèze, près du sable où les petits faisaient des pâtés. J'apprenais à en sauter en marche, me faisant très mal souvent. J'apportais à me perfectionner cette même application – invisible, aisée, et qui paraissait indolente, parce que coupée de longues faiblesses, de lassitudes – tenace pourtant et que j'appliquais à toutes choses.

En même temps le doute sur moi-même, étais-je bon, oui ou non, les autres ne pourraient-ils sans effort faire mieux ? Aussi j'écartais le plus possible Raoul et Claude de la balançoire.

Je n'y avais pas grand-peine d'ailleurs, car la mornitude des premiers jours était passée. Ils s'occupaient activement d'organiser un nouveau jeu.

Raoul avait rapporté du collège, où il jouait au goal dans l'équipe de football, le goût du sport. Il nous éblouissait des récits des matchs qu'il avait vus, des performances faites aux récents Jeux olympiques de Paris par les champions.

Pendant que je m'exerçais au trapèze, les autres mesuraient le tour de l'étang, enfonçaient des piquets pour indiquer les cent, quatre cents et mille cinq cents mètres. Claude et Raoul se faisaient faire des culottes d'athlétisme. On avait rafistolé et repeint un vieux sautoir, qui traînait dans la grange.

Raoul reçut de son père une vraie perche en bambou, pour le saut.

On décida d'organiser des Jeux olympiques, nos parents donneraient des prix. Oncle Conrad, qui avait jadis été longtemps en Angleterre, dirigerait le tout.

Le beau temps continuait, de toutes choses émanait une chaleur onduleuse, chaque souffle sur mes lèvres me paraissait comme chargé d'enveloppante tendresse, sonore d'une molle et voluptueuse incantation qui me remuait tout entier.

Je n'osais, je ne pouvais m'avouer que j'aimais Inngué.

Me préférait-elle, j'en étais sûr et pourtant me torturais délicieusement de doute. La vision de ce moment où, sous la tonnelle, elle mordait avec Marc à même une grosse brioche me devenait alors intolérable.

Ce gros rire gras que j'abominais, se mêlant aux perles d'argent liquide du sien, je n'en pouvais plus supporter le son.

Ne pouvoir tout le temps répéter son nom, ne pouvoir parler d'elle me mettait au supplice.

Je l'avais trop fait le premier soir. Le lendemain au dîner, tous se moquaient de moi, rappelant que j'étais resté avec elle, que je ne la quittais pas. Tante Nell appuya avec son large rire : "Inngué est maintenant ton grand béguin."

Je rougis violemment, parmi les rires. Rarement j'ai été aussi confus, aussi lourdement blessé. Et cependant, une joie secrète était en moi, de nous voir ainsi liés devant tous.

Mais que pouvaient-ils comprendre à mon cœur, et aux jeux de mon amie bondissante et secrète, avec leur cruelle curiosité d'enfants, leur lourde assurance de grandes personnes.

Ne pouvant plus parler d'Inngué, je vaguais dans le parc en pensant à elle. Le sable, avec la balançoire, le saule aux branches ployantes, le parfum des tilleuls, me la rappelaient étrangement.

Tout me semblait y crier son nom et moi-même je l'y murmurais sans crainte d'être entendu.

Le second soir. On commence les Jeux olympiques. Les prix sont étalés sur une petite table au salon.

On lance le poids. C'est vrai que je n'ai pas de force dans les bras. Je suis le dernier ne devançant que les filles, et tout juste.

Je suis honteux, engrisaillé de cela que je savais d'avance.

C'est Raoul qui l'emporte évidemment. Oncle Conrad dirige le tout de haut ; depuis le jour où, sans aucune raison, il m'a donné une raquette, je me sens relié à lui par un lien de reconnaissance tout particulier. – Je voudrais qu'il me distingue à nouveau.

Le saut en longueur. Est-ce mon entraînement au trapèze, je me sens merveilleusement rapide, léger.

Après les trois premiers essais, je suis en tête avec Claude et Raoul, juste un peu devant moi.

Je tremble de fierté et de crainte anxieuse. Quand pourrai-je raconter à Inngué que j'ai sauté moi, le plus jeune, presque aussi loin qu'eux ?

Ah ! de ce soir me reste encore l'odeur vulgaire de cette embrocation dont Raoul se frotte les jambes – nous le regardons avec admiration, il ne veut pas nous en donner – et la senteur de l'herbe chaude, et cette fièvre triomphale, coupe exaltante dont je touche parfois de mes lèvres la lie de tristesse, amertume obscure.

Brusquement au quatrième essai, j'arrive en tête, mais je glisse et tombe assis.

Mon saut est nul, le mouchoir qui marque ma place reste en arrière.

Mais j'ai dépassé Raoul, je peux donc les battre, d'autant plus qu'ils sautent moins bien maintenant, loin derrière leurs premières marques.

Recommençons, l'herbe est humide du soir, mes souliers dérapent, au cinquième saut je glisse sur la ligne de départ sans pouvoir même sauter. Je me force un peu la cheville.

Oncle Conrad me conseille de cesser, c'est déjà très bien comme cela, je vais me faire mal.

Je veux encore essayer une fois, la dernière. Il fait s'écarter les autres, il me semble qu'un silence solennel se fait, que tous les cœurs palpitent d'angoisse et de crainte comme le mien.

Je piétine un peu sur place. Ma pensée se fixe sur elle, bondissante dans le soleil, chantante et effarouchée comme un oiseau du matin.

Mon vœu soudain : c'est pour Inngué.

Je cours, je cours, voici oncle Conrad qui me regarde, comme avec étonnement par-dessus son pince-nez, la ligne blanche, attention à ne pas la dépasser.

Je saute, je suis léger, léger.

Je retombe, ma cheville me fait mal, je glisse un peu, sans tomber, quelle chance.

Oncle Conrad et les autres me félicitent.
– Je suis premier à un mètre devant Claude et Raoul.

Je suis heureux et confiant, c'est pour Inngué que j'ai fait cela, quand je le lui raconterai, elle sera fière comme l'autre jour au trapèze.

Nous rentrons en cortège, moi en tête comme un jeune héros antique entouré de l'admiration étonnée de ses pairs.

Au salon on nous accueille sans chaleur, sans beaucoup d'étonnement.

Nos parents ne se rendent pas compte de ce que c'est que d'avoir battu, ce qui ne s'est jamais fait jusqu'ici, les deux petits princes Claude et Raoul.

Maman m'embrasse : "Tu as chaud, ne prends pas froid surtout."

Dans mon lit je ne sais pas dormir, j'ai un peu la fièvre, les jambes me font mal, mes draps sont moites.

La chaleur entre par la fenêtre par lourdes bouffées, la Voie lactée est si blanche, la nuit si lumineuse…

Inngué saura que j'ai gagné…

La joie m'étouffe. Je parle à Claude. Il faut que je lui parle d'Inngué.

Je ne puis le faire, ils vont de nouveau se moquer, l'orgueil se révolte en moi. Je parle. Je lui raconte l'histoire de ces couronnes que j'aurais dû avoir à la distribution des prix et qu'on ne m'a pas données.

"Mais l'année prochaine je battrai Louis et je les aurai toutes, car j'ai promis de les donner."

Claude, qui s'endort un peu, s'intéresse maintenant :

"A qui ?

— Mais tu ne la connais pas.

— C'est une petite fille ?

— Oui, mais tu ne peux savoir à qui.

— A Inngué ?"

Je ressens douloureusement le coup. Je ne pourrai lui parler d'elle. Je suis honteux d'être deviné, j'ai peur du ridicule, peur aussi d'être ainsi connu. Il faut me déguiser à nouveau.

"Non, ce n'est pas à elle, c'est à une autre."

Chaque dénégation est une trahison vis-à-vis d'elle que je ressens tout entière.

Il faut que je mente, que je me cache. On ne peut pas me connaître ainsi.

Je suis un peu affolé, blessé par moi-même.

Claude continue :

"A qui est-ce ?

— Mais tu ne la connais pas, c'est la sœur d'un ami de ma classe.

— Comment la connais-tu ?

— Elle venait parfois le chercher à la sortie de la classe, nous remontions la rue ensemble, elle est très gentille, c'est elle qui s'occupe de son frère qui va mourir peut-être.

— C'est la sœur de qui ?

— Du petit Maltens, qui est malade de la poitrine."

Pourquoi ai-je choisi le petit Maltens qui est si doux, si bête, avec sa petite face de rat pâlot ? Le petit Maltens qui n'a pas de sœur, qui n'est peut-être même pas maladif.

Se cacher n'importe comment ! – Claude s'endort, son souffle régulier m'agace.

Je rêve…

On me punit injustement par la faute de Marc. Comme papa est parti, oncle Yves va me donner des coups de bâton.

Je me sauve dans les bois de la Marêche. Les gardes me poursuivent. Je file entre les taillis. J'arrive à la petite vasque d'eau vive du grand Fond noir. Deux chevreuils y boivent, au pelage léger, aux yeux clairs. Ils bondissent dans la fraîcheur un peu sombre du sous-bois.

Au loin j'entends les gardes, ils vont me cerner ici dans ce creux. Oncle Yves me battra, je lui mordrai la main.

J'entends des voix et des pas.

Voici Inngué dans le chemin avec Monique et la gouvernante.

Je ne dois rien lui expliquer, elle m'entraîne derrière une grosse roche, il y a un creux là, plein de feuilles sèches et de mousse. Elle m'y pousse. Monique et la gouvernante observent les environs, très douces, très maternelles.

Elles s'asseyent toutes les trois, feignant de se reposer. Les gardes arrivent, Inngué les accueille en cabriolant, leur demande pourquoi je m'enfuis ainsi en courant vers Rassogne. Ils se hâtent à ma poursuite, le vieux Firmin ronchonne au sujet de "ce pauvre gosse" dans sa grosse moustache grise.

Elles se relèvent et m'appellent. Je les suis dans le chemin qui devient sombre, le soir tombe. Elles ne parlent plus, nous nous comprenons sans paroles. Cependant je voudrais, je voudrais savoir… Je ne puis articuler un mot. Je marche lourdement en fixant la terre, j'essaie de lever la tête, je ne puis plus.

Je voudrais, je voudrais…

Je m'endors avec effort.

*

Le matin je suis abominablement courbaturé. J'ai mal partout. A nouveau cette douleur déchirante aux talons, la cheville endolorie. Tant pis, Inngué vient demain, tout de même je suis un peu morne aujourd'hui.

Je déjeune et puis, vite au trapèze, malgré tout, cela ne va pas trop mal. Que le parfum des tilleuls est jeune, plein d'envols subtils.

Je vagabonde autour du sable, les reines-des-prés ondulent dans la prairie au moindre souffle. Le matin est très blond, tantôt la chaleur sera écrasante, elle n'est encore que douceur.

Au bout du long chemin si maigre, qui a l'air d'un bras qui s'allonge, débouchant du pont de pierre, arrivent Monique, Luc et la gouvernante. Une angoisse m'étreint, une appréhension affreuse.

C'est bien cela, les petits de Rouvres ont peut-être la rougeole, et ils ne pourront pas venir demain.

Ils viendront un autre jour, dit maman, ce n'est que partie remise.

Inngué ne viendra pas et je sais bien moi qu'elle ne viendra plus, que je ne la reverrai plus.

Inngué ne viendra pas. Et tout ce que je devais lui raconter, il me faudra le garder et tous ces jeux que nous devions faire, toutes les cachettes que je devais lui montrer et qui deviendront mon secret.

La joie de ma victoire ne m'est rien de ne pouvoir être partagée. La journée, la semaine entière me paraissent sans fond où mon espoir se perd, s'affole.

Elle ne viendra pas.

Il faut vivre pourtant. L'après-midi, les Jeux olympiques continuent. Les grandes personnes viennent voir, il y a des invités. Le ciel n'est toujours qu'une flamme et pourtant me semble gris.

On va courir les cent mètres. On part du tennis pour arriver jusqu'à la lourde voûte des charmes.

J'ai fait la bêtise d'avouer mon mal au talon, papa ne veut pas que je coure.

Je suis triste, triste, au fond je n'ai pas envie de courir.

Que l'air est lourd, combien pesante sur mon âme la chaleur du jour.

Les cent mètres. Vais-je gagner encore, atteindrai-je l'impossible ? C'est pour Inngué.

Je tombe contre Raoul, au départ il me prend cinq mètres, je ne sais pas partir.

Je le rattrape peu à peu, il est près de moi, ses lourds genoux lancés très haut en l'air, telle une puissante locomotive.

Je vais passer, gagner. Non, car il m'a attendu, repart et me laisse sur place.

J'ai terriblement mal aux talons, je ne sais presque plus marcher. Maman me défend d'encore rien faire aujourd'hui.

Je n'en ai plus aucune envie, mais je proteste et supplie. Je pleure à son refus excédé, que cette peine est étrange, et insupportable le faix de cette journée. Je voudrais me laisser tomber dans l'herbe et là ne plus bouger, sangloter, sangloter, longtemps, sans raison peut-être.

L'habitude de rester avec les autres et l'orgueil me soutiennent.

On va au sable, où est placé le sautoir.

Claude enlève le saut en hauteur, mais Raoul a sa revanche au saut à la perche.

Les autres ne savent pas tenir la perche et sont de suite éliminés. Tandis que lui, parmi les murmures admiratifs, passe régulièrement, et s'élève sans effort au-dessus de la latte.

Tante Nell exulte, je l'entends : "Oui, le collège est très bon pour eux…, oui, il est très musclé, très développé", et pour maman, qui est tout près et qui écoute, elle ajoute condescendante : "Claude aussi d'ailleurs."

Raoul va de plus en plus haut, on place la barre tout au-dessus du sautoir à deux mètres et il passe comme un triomphateur.

Tout le monde l'entoure, le félicite.

Plus personne ne pense à moi, personne qui se souvienne de ma victoire d'hier.

Je fais quelques tours au trapèze. Personne ne me regarde, maman me fait descendre ; décidément je suis insupportable aujourd'hui, je tiens absolument à me faire mal.

Ah, que ce jour est gris, morne, que me paraît triste la senteur des tilleuls. Inngué n'apparaîtra-t-elle pas là-bas, au détour du chemin, où les épines sont en fleur ? Je pars le long de l'étang.

Les autres sont partis à la course, en rang, prendre une douche comme les athlètes américains. Personne ne m'a invité à y aller aussi, je suis laissé à l'écart, oublié comme un malade.

Les talons me font très mal.

Voici l'endroit où se trouvaient nos petits jardins, sous lesquels se terraient les cuivres qu'on cachait pour les Allemands.

Ici les cygnes nous ont un jour poursuivis dans la prairie. Clara avait très peur et nous aussi, un cygne d'un coup d'aile ça casse la jambe d'un homme. Nous étions terrifiés et cependant le désir me point encore maintenant qu'ils sont morts, d'aller les ennuyer comme alors pour connaître la délicieuse angoisse de les voir peut-être se dresser sur leurs ailes, escalader le bord, nous poursuivre.

Les algues sont rousses dans l'étang, entremêlées de mousse gluante, d'un vert profond. L'eau stagne, comme dilatée, pourrie, décomposée de chaleur.

De formidables nappes d'air chaud montent de l'herbe, un bruissement immense. Une joie brutale et triste semble sourdre du jour, une sensualité sans objet.

Une grenouille nage lentement dans l'eau, détendant souplement ses membres.

Un peu de vase monte.

Je m'assieds au pied d'un arbre. C'est ici que Raoul nous entraînait l'an passé pour faire de vilaines manières. J'avais peur, j'avais envie d'aller à bicyclette avec les autres. Il nous retenait en nous promettant de nous faire des cannes, de nous laisser aller dans sa hutte. Quelle solitude, quel poids sur mon cœur. Je ne saurais plus courir, ni jouer à rien.

Comme tout est vide, quelle tristesse découle de toutes choses.

Quel vide, quel vide partout.

Quelle peine en mon cœur. Je voudrais pleurer mais pourquoi ? J'aime Inngué, j'en ai honte, les autres ne sont pas comme cela et puis, pourquoi pleurer ?

Ah, que le ciel est creux, tout dilaté de soleil. Quelle peine s'agite ainsi obscurément en moi. Inngué, Inngué qui se suspendait rieuse à mon bras : "Billy, Billy, viens au trapèze, tu verras comme on va s'amuser." Sa voix câline, puis garçonnière, son rire d'azur fin, ses brusques bonds de cabri tout enivré de lumière.

Ah, cette lourde mélancolie des feuillages que ne remue aucun souffle, cette tiède nostalgie qui pourrit secrètement en moi, qui parfois s'allume, me tord de tristesse comme de douleurs soudaines.

O tourments, ô peine, et ce sombre étincellement du jour où ma douleur tournoie vient se heurter comme aux parois polies d'une prison d'acier.

On m'appelle. Je me hâte. Que les pieds me font mal, je n'avance pas.

On continue à crier, c'est maman, elle est un peu crispée, les invités s'en vont : "Où étais-tu encore une fois ? On te cherche partout, allons, viens vite dire au revoir."

Je fuis. Je vais dire au revoir, subir, en souriant timidement, les questions toujours les mêmes que nous font les dames aimables.

De nouveau seul, le pépiement de ces dames s'éloigne et le pas lourd des hommes. Les autres jouent aux quatre coins près du tennis. J'entends leurs cris.

Je voudrais aller jouer avec eux, jamais je n'oserais, je puis à peine bouger.

Je me sens chétif, malingre, très loin de cette troupe d'enfants robustes qui m'oublient, brusquement seul.

Quel vide. – Voici le soir avec son goût de cendres et le parfum âcre des rosiers sauvages.

Je ne pourrais même rêver, je suis triste à mourir. Je m'absorbe vite dans un livre pour ne plus penser.

Je ne perçois bientôt plus que le tic-tac régulier de l'horloge du salon : les autres ne sont pas comme cela, pas comme moi, pas comme moi…

Petit malade, petit liseur, blotti dans un coin sombre, en marge de la vie.

Le soir, je ne parle pas à Claude. Je n'ose plus, je ne le désire plus. Enfin je me laisse glisser délicieusement dans le rêve, qui me berce, m'apaise.

Je suis avec elle dans sa tanière. Je me rappelle l'Ile flottante du roman de Garielli. Elle ne tenait en place que par une énorme racine fixée à la berge du fleuve, les trois chasseurs canadiens dans un immense effort l'avaient brisée et avaient échappé ainsi aux Indiens qui les cernaient.

Ainsi tout notre boqueteau s'en va sur la Drème, nous avons abandonné les autres et allons y jouer à nous deux.

Je dirige notre île avec les deux grandes palettes de la périssoire d'oncle Conrad. Inngué, pendant ce temps, prépare le dîner, agrandit la tanière. De temps en temps elle vient s'asseoir à côté de moi, enlève ses souliers, trempe le bout du pied dans l'eau, m'asperge, alors je la poursuis, je lui fais très doucement pour qu'elle n'ait pas mal la "noix de coco" sur la tête avec mon poing fermé.

Ou bien nous montons ensemble dans un des petits sapins, avec trois planches nous y avons fait un observatoire, nous regardons s'il n'y a rien en vue.

Parfois les autres nous attendent à un tournant pour nous attaquer, ils se cachent dans les buissons et nous lancent des boulettes de glaise.

Mais nous en avons aussi une provision et des pommes de pin. Pendant que je m'écarte le plus vite possible du bord, Inngué, l'œil en feu, les cheveux au vent, les bombarde du haut de l'observatoire, petite déesse dédaigneuse et guerrière.

Une fois, Raoul est presque parvenu à monter dans l'île, mais je l'ai écarté à coups de palette – le soir il en était encore furieux –, tandis qu'Inngué, dans l'ardeur du combat, dégringolait de son observatoire avec un petit cri de terreur. Parfois Monique vient avec nous, comme une jeune maman très douce.

Alors il n'y a pas de batailles, car nous évitons les endroits où peuvent se trouver les autres, nous recherchons les coins tranquilles. Nous vivons une calme idylle, dont je sens pourtant qu'elle agace Inngué.

Cela m'ennuie de laisser ainsi toujours Claude tout seul, sans connaître ces joies.

Aussi Claude aime Monique, un peu comme j'aime Inngué, il vient parfois avec nous, m'aide dans la manœuvre.

Il regarde Monique tricoter calmement assise près de lui et qui, de temps à autre, lève vers lui l'eau pure de son regard et son tranquille sourire. C'est rare, il n'est tout de même qu'un invité de hasard. Monique reste plutôt notre petite maman.

Je rêve ainsi très doucement, je sais que ma vie plus tard ne fera que poursuivre inlassablement ces mêmes désirs.

Le passage du rêve au sommeil se fait imperceptiblement dans une inconscience ouatée.

Au matin, Claude me raconte qu'il a rêvé que papa nous donnait un petit cheval noir, il croyait déjà que nous étions dessus, que c'était vraiment vrai.

Il a été horriblement déçu de sentir qu'il s'éveillait, il luttait pour dormir, rêver encore, essayer de retrouver la réalité de son rêve.

Un cheval, oui, un petit cheval noir, c'est notre grand désir de toujours. Mais y a-t-il vraiment de quoi être si déçus ou si contents. Si nous l'avions ce cheval, l'univers n'en serait pas transfiguré, en serions-nous totalement comblés ?

C'est impossible. Je ne comprends guère la tristesse de Claude, soudain il m'apparaît très enfant, vraiment presque un petit.

Je ne me rappelle plus des jours qui suivent que ce rêve presque continuel auquel je m'abandonnais dès que je pouvais, je m'y retrouvais vraiment moi, très différent de ce garçon dans lequel les autres n'avaient remarqué aucun changement, qui paraissait si pareil à ce qu'il était il y a dix jours. Mon rêve s'intégrait si bien à moi que je ne le dirigeais plus du tout, souvent je m'y alanguissais, cela devenait presque une forme de sensualité parmi d'autres.

Oncle Fred, en passant, vint excuser ses enfants.

Cette rougeole n'avait été qu'une fausse alerte, les petits n'avaient rien de grave. Pourtant comme ils étaient tous un peu pâlots, ils partiraient déjà pour la mer lundi.

Les enfants ont été désolés de ne pouvoir venir, surtout Inngué.

Il me regarde en riant de son rire sonore, qui tend sympathiquement sa face de brique.

"A propos d'Inngué, Billy a fait sa conquête, elle ne parle plus que de lui, elle passe sa journée au trapèze pour devenir aussi forte que lui ; et elle nous scie toute la journée pour pouvoir venir à Maurienne. Tout cela est loin de la rendre plus facile. Quel diable, mon Dieu, quel diable. Enfin, espérons que la mer la calmera un peu."

Les autres ne me regardent-ils pas en riant, je prends un air indifférent, mon cœur chahute à me faire défaillir, une joie explosive le dilate.

Je fuis vite le hall, seul l'air du soir, les voûtes diaprées du crépuscule, peuvent contenir un tel bonheur. Dans les prés, l'immense chœur des insectes se répand en musiques triomphales.

*

Le dimanche matin, tant attendu. Dans le parc sinuent encore les molles écharpes de la brume. Dans l'église presque vide, nous sommes déjà là quand ils entrent tous ensemble.

Monique et Inngué sont en robes rouges, des robes de dimanche un peu raides.

Toutes deux très blondes, aux traits fins, les mêmes yeux gris aux reflets bleus, si calmes chez l'une, si pleins de joie et d'exubérance un peu folle chez l'autre.

Très sages elles fixent l'autel en lisant dans leurs petits livres. Quand on ne peut s'en apercevoir, je la regarde, je la prends toute dans mon regard.

Très absorbée elle ne regarde jamais de notre côté, sauf une fois où elle nous sourit, mais pas plus à moi qu'aux autres.

A la sortie nous leur disons bonjour assez cérémonieusement comme tous les dimanches.

Nous sommes tous un peu gênés dans nos beaux costumes. Nous marchons de concert. Inngué marche bien sagement à côté de Monique. Silencieuse, recueillie peut-être, elle ne saute, ni ne cabriole, ni ne songe à se suspendre à mon bras. Je suis un peu intimidé, elle est si différente de mon rêve où nous nous retrouvons d'emblée dans la totale intimité du jeu.

Nous parlons un peu de nos Jeux olympiques, elle ne s'enthousiasme pas comme je le pensais. Je ne lui dis même pas que j'ai gagné le saut en longueur. Arrivés au coin de chez Firmin, nous nous quittons déjà. Nous partons en courant, car Claude et Raoul sont pressés d'aller voir les petits veaux nés pendant la nuit.

Et voilà, c'est déjà fini, quelle extraordinaire rapidité. Je n'ai même pas eu le temps de penser ni de rien faire. Elle est partie, et demain s'en va à la mer pour un mois peut-être, impossible de voir, d'espérer si loin.

Dans l'étable je me presse aussi pour caresser le mufle frais du petit veau tout blanc qui est né cette nuit. Mais l'intérêt que les autres lui portent, leur gaieté à chacun de ses mouvements, me sont presque insupportables. Comment peuvent-ils être puérils à ce point. Je suis seul parmi eux. Inngué part qui ne m'a rien dit ce matin, je suis seul, seul avec mon rêve. Mon rêve, la seule réalité qui me console. La seule réalité peut-être, car tout cela est-il vrai ; cette peine en mon cœur, ces sapins qui s'agitent, le bruissement frôleur de la rivière, ces compagnons bruyants, le déjeuner vers lequel on se hâte. Tout cela est-il vraiment vrai ?... Le temps passa.

Les vacances s'écoulaient semées de jeux magnifiques : après les Jeux olympiques, nous entreprîmes de canaliser le ruisseau, puis de faire une hutte, dans le bois de chênes près de la Butte. Je me réintégrais peu à peu dans la troupe, pour bâtir les huttes, j'étais un des plus forts, Raoul me demandait conseil.

Au bout de trois semaines, les petits de Rouvres revinrent ; quand on parlait d'eux, mon cœur battait, je défaillais presque d'émoi en disant bonjour à Inngué à la sortie de la messe. Mais toujours alors, elle demeurait grave, renfermée, on eût dit recueillie. Elle avait fait sa première communion l'année d'avant et communiait régulièrement deux fois par semaine avec Monique.

Je ne désirais presque plus lui parler, j'aurais voulu jouer avec elle, mais on ne les invita plus et je n'aurais osé le proposer.

De plus en plus je la mêlais à tous mes rêves, même les plus sensuels, à toute ma vie, comme une présence toujours accueillante et douce.

Le rêve l'emporta bientôt sur la réalité.

Cependant je continuais à m'entraîner au trapèze, mais surtout par vanité.

Je me souviens encore d'une ou deux courses éperdues et vaines faites en vélo pour la rattraper, alors que je croyais la voir sur la route avec Monique.

A la fête de maman je reçus un nouveau vélo. Oncle Yves fit aigrement remarquer à maman qu'il était trop petit, qu'il eût mieux valu attendre encore un an ou deux et m'en donner un d'homme. C'était une basse manœuvre, car maman s'en émut et faillit le rendre.

Mais moi je le trouvais magnifique, je ne pouvais en rassasier mon regard, je n'en aurais plus voulu aucun autre.

Je n'osais presque le monter de peur de l'abîmer, insensible aux plaisanteries, je passais mon temps à le nettoyer.

La fin des vacances approchait.

Tous les matins nous faisions du vélo.

Quelle place tint dans notre vie la hardiesse, la virtuosité acquise à ces jeux rapides, à ces acrobaties collectives.

De la troupe je restais le sauteur en longueur. Quand on jouait à "attrape" au-dessus du ruisseau à purin, et qu'on courait après moi, tous criaient : "Tu ne l'auras jamais, il saute trop bien." Le poursuivant se décourageait ; il me semblait être d'une espèce plus fière, plus agile que les autres, un chamois de montagne. Seuls Claude et Raoul se risquaient à ma poursuite, et très souvent je les déjouais.

Tout à la fin des vacances, j'étais à Riors avec Claude. Paul nous proposa un concours de saut.

Dès le premier bond, j'étais en tête. Claude me dépassa de beaucoup. Dès les bonds suivants j'allais le redépasser bien sûr.

Mais non, je restais en arrière. Claude s'étonnait, décidément je n'étais plus aussi fort qu'au début des vacances.

Je me redis en serrant les poings : allons, c'est pour Inngué. Je vais l'emporter.

Je n'ai gagné que quelques centimètres. Claude reste en tête. Courte désillusion mêlée de doutes, plus jamais je ne serai bon au saut en longueur.

C'était la rentrée. Ce fut un gros chagrin de devoir laisser mon vélo à Maurienne. Mais toutes les supplications n'y firent rien, c'était bien trop dangereux en ville. Je passai un jour à le graisser, comment le retrouverais-je l'an prochain ?

Je rêvais beaucoup moins, je ne mêlais plus Inngué à mes préoccupations du moment, et dans mon esprit sa présence était infiniment moins lancinante. Parmi tous les préparatifs du départ, nous errions un peu sans but, les hiérarchies se déplaçaient.

Claude et Raoul n'étaient déjà plus les petits princes, rentraient dans le rang, redevenaient l'un le cancre avéré toujours puni, l'autre l'élève médiocre qui ne comprenait jamais rien aux mathématiques.

Je redevenais le petit chef, le second de la classe, celui qui aurait pu être le premier s'il l'avait voulu.

J'entrais en première dans la classe du directeur, chez les grands.

Bientôt Inngué ne fut plus dans mon souvenir qu'une étoile brillante, très douce, lointaine…

Une part de mon rêve…

DU MÊME AUTEUR

Géologie, poèmes (prix Max-Jacob), Gallimard, 1958.
Gengis Khan, théâtre, Mermod, 1960 ; Actes Sud-Papiers, 1989.
L'escalier bleu, poèmes, Gallimard, 1964.
La déchirure, roman, Gallimard, 1966 ; Actes Sud, 2003 ; Luc Pire, 2009.
La pierre sans chagrin, poèmes, L'Aire, 1966 ; Actes Sud, 2001.
La machination, théâtre, L'Aire, 1969.
Le régiment noir, roman (prix Frans-Hellens, Prix triennal du roman), Gallimard, 1972 ; Les Eperonniers, 1987 ; Actes Sud, 2000 (nouv. éd. revue) ; Babel n° 647, 2004.
Célébration, poèmes, L'Aire, 1972.
La Chine intérieure, poèmes, Seghers, 1975 ; Actes Sud, 2003.
La sourde oreille ou le rêve de Freud, poème, L'Aire, 1981.
Essai sur la vie de Mao Zedong, Flammarion, 1982.
Poésie 1950-1986 (prix de la Société des gens de lettres, Prix triennal de la ville de Tournai), Actes Sud, 1986.
L'écriture et la circonstance, Chaire de poétique de l'université de Louvain-la-Neuve, 1988.

Œdipe sur la route, roman (prix Antigone, Prix triennal du roman, grand prix de l'Union latine 2002), Actes Sud, 1990 ; Babel n° 54, 1992.
Diotime et les lions, récit, Actes Sud, 1991 ; Babel n° 279, 1997.
Jour après jour, journal 1983-1989, Les Eperonniers, 1992 ; Babel n° 588, 2003.
Heureux les déliants, poèmes, Labor, 1995.
Antigone, roman (prix Rossel), Actes Sud, 1997 ; Babel n° 362, 1999.
Prométhée enchaîné d'Eschyle, adaptation théâtrale, Cahiers du Rideau, 1998.
Journal d'Antigone, journal 1989-1997, Actes Sud, 1999.
Les vallées du bonheur profond, récits, Babel n° 384, 1999.
Exercice du matin, poèmes, Actes Sud, 1999.
L'écriture à l'écoute, essais, Actes Sud, 2000.
Théâtre complet, Actes Sud-Papiers, 2001.
Passage de la Bonne-Graine, journal 1997-2001, Actes Sud, 2002.
Œdipe sur la route, livret d'opéra, Actes Sud, 2003.
L'enfant bleu, roman (grand prix de la Société des gens de lettres pour l'ensemble de son œuvre), Actes Sud, 2004 ; Babel n° 727, 2006.
La grande muraille, journal 1960-1965, Babel n° 684, 2005.
En noir et blanc. Vu par Lionel, nouvelles, Editions du Chemin de fer, 2005.
Nous ne sommes pas séparés, poésie, Actes Sud, 2006.
Le présent d'incertitude, journal 2002-2005, Actes Sud, 2007.
Le boulevard périphérique, roman (prix du Livre Inter 2008), Actes Sud, 2008 ; Babel n° 972, 2009.
L'atelier spirituel, Actes Sud, 2008.
La lumière Antigone, poème pour le livret de l'opéra de Pierre Bartholomée, Actes Sud, 2009.
Poésie complète, Actes Sud, 2009.
Les années difficiles, journal 1972-1983, Actes Sud, 2009.

Déluge, roman, Actes Sud, 2010 ; Babel n° 1084, 2011.
Dialogue avec les montagnes, journal du *Régiment noir*, 1968-1971, Actes Sud, 2011.
Tentatives de louange, poèmes, Actes Sud, 2011.
L'enfant rieur, roman, Actes Sud, 2011.

"un endroit où aller"

Une collection créée en 1995 par Françoise et Hubert Nyssen

extrait

183. Pia Petersen
PASSER LE PONT

184. Nancy Huston
PASSIONS D'ANNIE LECLERC

185. Annie Leclerc
L'AMOUR SELON MME DE RÊNAL

186. Jean Duvignaud
LE JEU DE L'OIE

187. Breyten Breytenbach
L'ÉTRANGER INTIME

188. Jean-Luc Outers
LE VOYAGE DE LUCA

189. László Földényi
DOSTOÏEVSKI LIT HEGEL EN SIBÉRIE ET FOND EN LARMES

190. Ophélie Jaësan
LE POUVOIR DES ÉCORCES
suivi de
LA NUIT DU SYMBOLE

191. Hubert Nyssen
LES DÉCHIREMENTS

192. Catherine Mézan
UN PIANISTE VU DE DOS

193. Max-Pol Fouchet
DEMEURE LE SECRET

194. Pierrette Fleutiaux
LA SAISON DE MON CONTENTEMENT

195. Arnaldo Calveyra
JOURNAL D'ÉLEUSIS

196. Anna Maria Ortese
AURORA GUERRERA

197. Kjell Espmark
HISTOIRES À CONTRECŒUR

198. Anca Visdei
L'EXIL D'ALEXANDRA

199. Jean-Claude Grumberg
ÇA VA ?

200. Nancy Huston
L'ESPÈCE FABULATRICE

201. Andy Merrifield
L'ÂNE DE SCHUBERT

202. Brigitte Allègre
LES FANTÔMES DE SÉNOMAGUS

203. Dominique Sassoon
ÉVARISTE ET LES CHIRURGIENS

204. Pia Petersen
IOURI

205. Frédérique Deghelt
LA GRAND-MÈRE DE JADE

206. Anne-Marie Garat
HONGRIE

207. Anne Walter
PAULA, EN PROFIL PERDU

208. Anna Maria Ortese
À LA LUMIÈRE DU SUD

209. Hubert Nyssen
L'HELPE MINEURE

210. Nancy Huston
JOCASTE REINE

211. Anna Maria Ortese
FEMMES DE RUSSIE

212. Ophélie Jaësan
ICEBERG MEMORIES

213. Annie Leclerc
PÆDOPHILIA

214. Pia Petersen
UNE LIVRE DE CHAIR

215. Renaud Ego
UNE LÉGENDE DES YEUX

216. Guillaume Pigeard de Gurbert
CONTRE LA PHILOSOPHIE

217. James Matthew Barrie
PORTRAIT DE MARGARET OGILVY PAR SON FILS